佐藤とも子句集

水の家族

東奥日報社

目次

第一章　怪傑黒頭巾

九〇句

いっぽんの川が生まれるアミダくじ

妻の座にピンいっぽんで止められる

きょうと明日のあいだに置いてある卵

茹でこぼすホウレン草も娘の夢も

骨肉や塩で揉まれているキャベツ

ナイフにして傷口　冬籠もるサボテン

なんの破片だろう死にきれないのだろう
眼と耳の間でふぶくものがある
外套が吊されている長い不在

静物である大腿骨のいっぽん

理科室の匂い　ふいに来る訃報

死んでゆく魚に瞼描いている

窓ひとつ描いてカルテがしまわれる
認識は少し遅れてくるレモン
たましいを値ぶみしているティーカップ

母を産んで湿ったままの革手袋

妻の抽斗からでてくる怪傑黒頭巾

包丁握る息吸うべきか吐くべきか

風を聴く木　定刻に鳴る電話

鍵束を鳴らす真冬の環状線

結論は転がっていくおでん燗酒

三月のつららの透明な嘔吐

物置に言葉を捜す干大根

コンセント抜いてやさしい妻になる

割り切れない数字が溜まる洗濯機

借用書ばかりでてくる象の墓

生き恥というじゃがいもの芽がのびる

切り株がまだ持っている十円玉
パセリ一鉢はるか凍河をみつめつつ
朝のかたちを考えている把手

土になる土を拒んだふきのとう

父の歳越えてしまったつくしんぼ

花の芽を食べてしまったのはわたし

焼き肉の匂いためらいがちに咲く椿
にんげんのあわいに落ちている椿
遠い地平に針いっぽんの落ちる音

薄いスープの妻の水平線がある
生み終えてポンと地平を裏返す
もしやもしやと桜の下を掘ってみる

桜冷え男性化粧品量産

二番目に好きな家事から片付ける

どの窓にたっても白い割烹着

一匹がくたくた溶ける菜種梅雨

三分間待ってくださいいてきます

戻れないアリス　アリスを産みつづけ

号令の苦手なカレーライスです
どこを押しても答えてしまう針ねずみ
巨大木柱拒否したことはただ一度

問のない答えやどかり発光す

話さなかった話　机上の魚の影

大根のひげ伸びてゆく摂食障害

少年の仮想敵国　入道雲

茶ダンスの裏は宝島の地図

背に残る鱗が水を恋しがる

一筆啓上母の叛旗がみえますか

潔くたまごは割れる父の胸

夏草や父の卵が埋めてある

わくわくと海に沈んでゆくオルガン
あいまいな時間を落ちるラムネ玉
音もなくドラムは進む金魚鉢

洪水となる一滴とジャズ喫茶

ファスナー閉じてたった一字の闇にいる

太陽の似合う帽子を買いにゆく

カタカナの声ゆるやかに倦怠期

朗らかな空を見つけた水たまり

耳だけを残して豆の葉裏返る

わかれ話はあずき氷をたべてから
岬まで道ゆっくりとやどかりの列
ほおずきの赤　ガラスの中に籠もる影

暮れやすいビルのむこうの幸福論
どんぐりころころ罪の深さを競い合う
描きたしてしまう一葉また一葉

芒の穂どんなてだてが残っているか

裸電球くじら一頭泳ぎ出す

尋常な死を死んでゆく栗の毬

青空を抱えきれない桔梗咲く
日常性にうすめられてゆく珈琲
今日を限りの針金細工のハートです

大根の切り口ぽつんと背中が残る

一度だけ海を湛えるぶどう粒

回転ドア影は残していいですか

懺悔するコスモスならば切り捨てよ
知りすぎた両手を砂にうめている
空缶をけって無数の地平線

まっさらな布巾で満月を磨く
手袋の穴からもれる月あかり
なに灯す掌からあふれる赤とんぼ

ゼブラゾーンでほおずきを鳴らす
女教師の鎖骨落葉の吹きだまり
朴落葉問いであるとき答えである

第二章　菜切り包丁

九〇句

てのひらの沼を見つめあう本日晴天

熱のある魚は空へ放します

わくわくと標本箱に戻る夜

さよならという生暖かい握手
茶封筒から運河を出してみせましょう
名付けてください壁に屹立するものを

いいえと言う夕焼けにつく前に
茹で玉子丸ごと囓るふしあわせ
掃除機の中の取って置きの話

レインコート着た犬の眼をみてしまう

天気予報どおりに母が降ってくる

樹海からひとりでてきた木になった

螢死ぬ谷から螢湧いてくる
中途半端な音で砕ける色硝子
わたくしに手足があって邪魔をする

飛行機雲閉じても閉じてもひらく窓
ゆえあって母の長女を生みおとす
ありきたりな言葉で挨拶を交わす

無は有を含むだなんて冬銀河

家裁の庭にアダムとイブの林檎の木

花便りふうっと空が広くなる

腐らないように男に水をやる

綾取りの川は始まりで終わり

包丁研ぐ毀れやすいもの研いでいる

川向こうのお花畑をみています

海へ行こう近視眼的近視ゆえ

昨日の闇をホイホイ捨てる新聞紙

不燃物集めて夜になってくる
帰巣本能ゆする演技派の目刺し
チンドンチンドンどちらさまも終点です

向日葵の首から秋になってゆく

かあさんをほんとは好きな唐辛子

つなぎとんぼの尻尾ストンと日が沈む

足元を逃げていくのはわが目玉

ここからは姥捨山よ茸狩り

紅葉狩りこの木登って鬼女になる

心療内科にひっそり通うシュレッダー

うかうかと万年雪を積もらせる

食卓のない家モノローグがつづく

灰になり切れないやっかいな窓だ
宿酔のファックス流れ川になる
先に墜ち先に蹴ってる缶ビール

鳩尾に燃えないゴミが溜まりだす
明るい耳に明るい挨拶が届く
桜前線一人はひとりに繋がれる

忘却とは歪になった足の爪

海をなぞって海になりたい指がある

一プラス一の余白の深夜バス

晴れのちくもりときどき窓になっている
なあなあで終わりたくない飛行機雲
菜切り包丁話したいこと話せない

一抜けて二抜けて縄は藁になる
布巾のシミ約束ごとを反古にする
大根のついでに刻む青い空

天地無用世迷い言がつめてある
葱一把正常範囲括られる
沈黙を測り合ってる裏表

唐突に花火が上がる麦畑

八月の紙飛行機の止まる場所

開いても閉じても傘が雫する

西瓜の種ふっと吐きだす皆既月食

ひまわりの裏をだあれも見てくれぬ

玉手箱持てあましてる太郎です

雲ひとすじ浮かれてたのは昨日まで
わたしがわたしに引きずり込まれる鏡掛
勿忘草ひと束残すウインドウ

氷水崩し話せなかったこと
蘊蓄がたっぷり沁みたがんもどき
ななかまど色づくコワレモノ注意

夜もすがら毀れたオルガンがひびく
階段下りる無防備なサンダル
傷は深いといわれ安眠とり戻す

汚れやすい少年の髪陽を弾く

土踏まずに寄り添ってゆく布ぞうり

小春日和古い映画を耳で観る

答えれば篠つく雨のハーモニカ

ほかほかのコロッケ三コありがとう

境界線引くたび白湯のたぎる音

もしもし今夜痒いところに着地する
根が歩くのでたっぷり空を吸っておく
空缶の転がる方がユートピア

三月のキャベツの芯はやるせない

出口のむこうも出口煮しめが炊きあがる

古道具屋のイス美しい敗北者

四月の空泥にまみれたままでいる
裂け目は裂け目腕時計はずす
黒板の裏にあるのは蜃気楼

水であるそのことだけでいたい水
人参牛蒡コンニャク主婦が煮えている
ある朝はパセリの茎に寄りかかる

第三章　唐獅子牡丹

九〇句

定食屋にコップ一杯の奔流

風船になるまで寝返りうっている

マンホールの蓋の窪みで溺死する

認知症のなに見てきたか唐辛子

草刈ってふうっと揺るぎない大地

石けんの匂い八月のさような

子の夢を聞く秒針のすきま

石磨く大きな嘘にせかされて

小豆煮る夫婦ふたりの加齢臭

紙オムツ通し番号ついている

天高しコンと鳴かねば打たれるか

思わなければ萩の乱れる空もない

カボチャの種流れた先が安息地

花鉢の水があふれる心雑音

風の木にしがみついてるピリオド

干しぶどう虹のありかを忘れない

街冷えびえと大根の芯煮えのこる

撫でられてワンと尻尾をふっている

出すぎた杭をだれも叩いてくれません
底のない鍋で花子が焦げている
蝶々さんの水平線が乾かない

蝶一匹とびたつようにレタス剥く

雪が降る修飾語など要りません

あんぱんのヘソはまっ黒くろすけです

もういいかいまあだだよって生きている

蒼天のひょっこりひょうたん母帰る

唐獅子牡丹その気になって口ずさむ

軽重を問えば夕明かりに尽きる

夭折と狭気はるかに春の雪

口角のキュット上がった嘘が好き

寿限無寿限無スープをこぼす匙の先
なんの意味も掴めぬままの雪解水
レコードの雨音白く埋めてゆく

屑籠の中にもあった交差点
補助線いっぽん鳥になるのを待っている
団らんの影を見ている影がある

プラスチックの箱それからのノラの家
グチグチブツブツ排水溝は眠れない
山は登る　紙の花には水を遣る

少女らは鳥語を交わす交差点
赤いポストに飴こたっぷり詰まってる
わたくしに刃先を向けて月削る

沈黙の意味を知りたいシュレッダー
針のない時計が二つ暮れなずむ
ラーメンスープ残す男の薄い胸

平凡をほこほこ炊いた無水鍋
昼下がりの図書館ヒラメになっている
キッチンの隅で編んでる縄梯子

立冬や男の黄ばんだシャツを干す

一話完結母の衿足剃っている

すり硝子いちまいい隔てエト・セトラ

新しい海を幾度も描いてはみたが

老眼鏡思わぬところに春の雪

卵白は妻です目盛りのない秤

順序正しく逝くことにして花吹雪

バイバイって死ねそうにない樹木葬

雑巾がうれしいと言うぎゅっと絞る

土偶の鼻をくすぐっていく花粉症
えんぴつの芯アノネノネアノネノネ
雨・雨・雨・痛い手足に電柱に

たてがみのいっぽんずつの雨の痕
おむすび二個やまない膝関節の軋み
あなたはいないわたしはいない閲覧室

平目捌いて男の温度確かめる
ビル街の月の雫を掬いつつ
大根にんじんごぼう夕焼けを刻む

腋毛剃って音符にならないようにする

文庫本崩す海へはあと半歩

別れ話はこれで五度目の秋刀魚焼く

アノネアノネ月の出ぬ夜の月の位置
解熱剤三錠　バラードをあと少し
月光に託したメッセージの行方

日照り雨指のささくれ治らない

ひとつ弾けてみんな弾ける新聞紙

ややこしいところに伸びてくあけび蔓

バス停の闇も満更わるくない
噴火口三度めぐって熟睡す
水銀灯ぽっと灯る日またたく日

不自由だネッてみつめている金魚
ノックするたびに母がこぼれるよ
あっと目をそむけるお尻の履歴

角を曲がって角を曲がってもとの角
風のうた聞いてミミズは干涸らびる
焼きおにぎりおでんキンピラ倦怠期

灰汁抜けてからが牛蒡の反抗期

冷蔵庫を磨く大雪注意報

生ゴミになってしまった笑いジワ

靴ひもを結ぶ鳩の死んだ朝
でしたでしたと結果論を聞いている
三百六十五日を握る台所

第四章　伊右衛門濃茶

九〇句

梅雨の晴れ間の空のかたちを考える
虹が立つまで踝を凍らせる
あいみてののちのこころの泥まみれ

あわわあわわと空箱姦しい
ラーメンライス男の眉間炙りだす
饅頭の皮ていねいに剥いている

同封の花びら愚かかもしれぬ
手に余る花を抱えてぁと少し
ジタバタと知らぬ権利をとっておく

過ちが詰まってしまう排水溝
パズルの一片である　百歳の切符
その日まで眠る二匹目のナマズ

由らしむべし知らしむべからず蛸の足
鯨の死滅する日かぼちゃの種をまく
乱反射するはずがない水鏡

先生のバカと刻んだ筆箱
せんじつめれば煮えすぎたハンペン
軽い嘘ちりちりと腰痛

消しゴムがせまってきます凶器です
停電の空美しい美し過ぎる
オリオン星雲ひとつは校長先生です

罪というなら罰というならランドセル
くもの糸一本誰も救えない
風の電線がんばってない諦めない

ぎゅっと絞って水のでない玩具箱
辻々の監視カメラは出歯亀です
地球廃棄ダニーボーイをかけている

たましいなんて目玉焼きにしちゃう
軸足は特養ホーム一人部屋
始まりのうたを唄っていいですか

切り口の五分の四は不眠症
プラスチックの空痒いところがまだあった
泣く詫びるどうってことのないバケツ

読みかけの本の端からいわし雲
墨壷の糸パチンパチンと海になる
市役所の便座に指紋おいてきた

自爆テロになってしまったぬいぐるみ
光の粒子こぼしてキッチンのすきま
夕焼け小やけふわりと届く忘れもの

高温多湿さけてね後期高齢者
ゆるやかに結ぶ介護ベットのひも
結び目を捜しつづける昆虫図鑑

赤い実がひょいとこぼれる三年日記

日傘たたんで開いてこれっきりの空

モミの木立っている　寝苦しい夜

音もなくスープが冷めるわが祭り

真相は言わぬモンローのわき毛

雪の音ゆっくり戻す凍み豆腐

空白は空白のまま菊枯れる

震度4黒豆が煮くずれる

丸書いてチョン丸書いてチョン議事進行

行列のひとりになってめしを炊く

ふくろうが啼けばないたと淋しがる

たそがれへ一歩　記念樹を植える

えんぴつの転がる先が春である
ああなってこうなってゆく花屋の前
春はやがて少女がかじる貝割れ菜

剥かないと決めたひざ小僧の鱗

コンニャクと綱引きしてる春の猫

蜜蜂の羽音　少年老い易し

しまい損ねた母が転がる春の風

濡れテイッシュ春の行方を聞いている

なんて言ったのピアスの穴の名残り雪

薄墨色になるまで磨く洗面器

見るべきものは見たか大根の輪切り

デザートの前にさよならしなければ

改札の前で待っているのはカマイタチ

百均で充電してるコマネズミ

笑い袋ほどく繕う水浸し

晩酌の締めは貧乏物語
ミント噛むそんじょそこらの崖っぷち
基地てんてん　さくらん坊の種とばす

砂に埋めた受話器モシモシアノネノネ
床下を川が流れるやきとり屋
まだ無言伊右衛門濃茶に替えて見る

通り雨降りのこされた焼却炉
奥歯抜けて全方位型満月
ガラス玉甘くなるまで舐めている

終わりは始まりだった水の家族

忘却とは忘れ去ること忘れもの

桐一葉落ちて頭痛が残される

一升瓶の中で座禅を組んでいる
さよならのらが抜けている迷ってる
包装はきらい焼きたてのアップルパイ

読点続く雨の匂いのするスーツ

教室の窓を出てゆく宇宙船

空は空色ボクの柩はピンク色

すんでのところで淋しいお魚をやめる
夏帽のくぼみに虹が立っている
一昔前もさんまを焼いていた

あとがきに代えて

～息子から母への手紙～

川柳というのは不思議な花で、首尾よく種を蒔いて水を与えて日光に当てても、まっすぐに花を咲かせるとは限らない。肥料を与え花の向きを変え、果てはおまじないまで唱えてみる。出来上がった川柳は「ぷい」とよそを向く。出来栄えもどうもぱっとしない。あれほど丹精を込めて花づくりしたのに、出来上がってみると今一歩である。そんな川柳と向き合ってかれこれ何年くらいになるだろうか。

時には庭師を頼み、病気や害虫に取り付かれたときは薬を散布し、東に良い剪定師が居ると聞けば東奔し、西に良い薬があると聞けば西走し、涙ぐましい努力をしてきた。さてその花の出来具合に満足いったものがあるかといえば、残念ながら未だくすぶり続けている。

もともと気まぐれな性質もあり、何度も失敗しないと身につかない体質もあり、なかなか日進月歩の喜びは得られていない。それでもこうして「川柳」と出会い、鑑賞し、ぐだめぐことが出来るのは偏に母のおかげだと思っている。

大学時代に様々な迷い、妄想、自堕落に取りつかれていた時に、「川柳」を勧めてくれたのが母だった。以来「透明というのは透明じゃない」「氷柱というのは透明じゃない」などと荒唐無稽な話を母と交わすのが日課となった。

「川柳」は自立する文芸である。その花も種もやがて根を離れ飛んでゆく。その行く先は、砂漠か荒野かアスファルトか、神のみぞ知る。そこに根付いてまた新しい花を咲かせることができるかどうかも心もとない。それではなぜ私たちは「川柳」を作り続けるのか。

それは恐らく川柳を作るものの「使命」だからだと私は思う。

やがて子も親もそれぞれの陣地を離れ巣立ってゆく。その時にまた「透明ってのは透明じゃない」などと馬鹿な話が出来ればなと思っている。

平成二十七年十二月

佐藤とも子
息子　佐藤　俊一

著者略歴

佐藤とも子（さとう　ともこ）
昭和十七年十二月二日
青森市生まれ
四姉妹の長女（若草物語）
病弱な少女期を過ごしたが、学校をサボって釣りをしているところを担任に見つかるなど豪傑ぶりも

現在
八甲田川柳社　同人
陽の会　　会員
川柳　触光会員

東奥文芸叢書　川柳28

佐藤とも子句集　水の家族

発行　二〇一六（平成二十八）年四月十日
著者　佐藤とも子
発行者　塩越隆雄
発行所　株式会社　東奥日報社
〒030-0180　青森市第二問屋町3丁目1番89号
電話　017－739－1539（出版部）
印刷所　東奥印刷株式会社

ISBN－978－4－88561－233－6　C0092　￥1200E

東奥日報創刊125周年記念企画

東奥文芸叢書　川柳

高田寄生木　**千島　鉄男**
岡本かくら　**岩崎眞里子**
渋谷　伯龍　**高瀬　霜石**
野沢　省悟　**工藤　青夏**
む　さ　し　**千田　和美**
斉藤　劦　**須郷　井蛙**
佐藤　古拙　**角田　古錐**
笹田かなえ　**福井　陽雪**
滋野　さち　**鳴海　賢治**
斎藤あまね　**内山　孤遊**
杉野　草兵　**小林不浪人**
後藤蝶五郎　**梅村　北仙**
豊巻つくし　**吉田　州花**
沼山　久乃　**佐藤とも子**
熊谷　冬鼓　沢田百合子
（既刊は太字）

東奥文芸叢書刊行にあたって

青森県の短詩型文芸界は寺山修司、増田手古奈、成田千空をはじめ日本文学界をリードする数多くの優れた文人を輩出してきた。その流れを汲んで現代においても俳句の加藤憲曠、短歌の梅内美華子、福井緑、川柳の高田寄生木など全国レベルの作家が活躍し、その後を追うように、新進気鋭の作家が次々と現れている。

1888年（明治21年）に創刊した東奥日報社が125年の歴史の中で醸成してきた文化の土壌は、「サンデー東奥」（1929年刊）、「月刊東奥」（1939年刊）への投稿、寄稿、連載、続いて戦後まもなく開始した短歌・俳句・川柳の大会開催や「東奥歌壇」、「東奥俳壇」、「東奥柳壇」などを通じて、本州最北端という独特の風土を色濃くまとった個性豊かな文化を花開かせてきた。

二十一世紀に入り、社会情勢は大きく変貌した。景気低迷が長期化し、核家族化、高齢化がすすみ、さらには未曾有の災害を体験し、その復興も遅々として進まない状況にある。このように厳しい時代にあってこそ、人々が笑顔と元気を取り戻し、地域が再び蘇るためには「文化」の力が大きく寄与することは間違いない。

東奥日報社は、このたび創刊125周年事業として、青森県短詩型文芸の優れた作品を県内外に紹介し、文化遺産として後世に伝えるために、「東奥文芸叢書（短歌、俳句、川柳各30冊・全90冊）」を刊行することにした。「文化」の力は地域を豊かにし、世界へ通ずる。本県文芸のいっそうの興隆を願ってやまない。

平成二十六年一月

東奥日報社代表取締役社長　塩越　隆雄